가시랑비

서현숙 제3시집

시음사
시사랑음악사랑

시인의 말

한 송이의 꽃을 피우기 위해
가을부터 준비하는 나무가 잎을 떨구어 내고
그 모진 추위, 시림으로 사투 벌이며 눈바람 견디더니
마침내 봄이 오면 꽃을 피우는 자연의 섭리가 아름답습니다

詩를 쓰기 위해 참으로 많은 생각을 하게 되고
한 편의 詩 온 밤을 하얗게 지새웠지만,
마음에 들지 않아 수없이 수정 후 완성해 봅니다

처녀 시집 〈들 향기 피면〉
제2 시집 〈오월은 간다〉 두 권의 저서를 출간할 때
가슴 뛰는 설렘과 기쁨, 많은 상념과
그리움으로 쓰인 한 편, 또 한 편의 詩가 모이고,
제3 시집을 묶을 수 있어 매우 기쁩니다

그동안 많은 문우와
Daum, NAVER 블로그, 카카오스토리, Facebook을 통해
글을 나눌 수 있었던 것도 감사했습니다
오곡백과가 무르익어가는 가을 들녘을 바라보며
〈가시랑 비〉라는 제3 시집을 출간하게 되어 감사합니다
詩를 읽어주시고 사랑해 주신 분들께 고마운 마음 전해 드리고
여기까지 인도해 주신 하나님께 감사드립니다.

2024년 9월 서현숙

QR코드 스마트폰으로 QR 코드를 스캔하면 본문
시낭송을 감상할 수 있습니다 시낭송
감상하기

 제목 : 그리움 하나
시낭송 : 박영애

제목 : 어머니 생각
시낭송 : 박영애

 제목 : 여행 떠나자
시낭송 : 최명자

 제목 : 가시랑 비
시낭송 : 박영애

 제목 : 어머니의 빈자리
시낭송 : 최명자

 제목 : 사랑의 아픔
시낭송 : 박영애

 제목 : 겨울 바다
시낭송 : 최명자

 제목 : 연가戀歌
시낭송 : 최명자

시인은 자연을 이야기하고 시낭송가는 자연을 품었다
글자는 날개를 달아 언어로 날고 소리는 자연에 눕는다

★ 목차 ★

제1부 그리움 하나

제3부 가시랑 비

제5부 연가 戀歌

제1부 그리움 하나

가을 오는 소리

코스모스 피어 있는 길 걸으며
그리운 임 생각합니다

들판에 익어가는 곡식을 보며
농부들 땀 생각합니다

여름이 가는 소리
가을이 오는 소리
저만치서 손짓합니다

더워야 오곡백과 익어간다고
추워야 꽃 피는 봄이 온다고
자연의 섭리를 알리며

산천이 곱게 물드는 구월에는
은은한 국화꽃 향기 되어
사랑으로 나누며 감사합니다.

봄 아가

땅 밑에 파릇이
솟아오르는 꿈

연둣빛 그리움
그대 곁에 가는 길

연분홍 고운 옷
찬바람 비에 젖어

먼 길 돌고 돌아
그리운 임이 오신다.

물망초

물안개 피어나는
호숫가에는

안개꽃 닮은
하얀 그리움의 꽃

임 그리워하며
나를 잊지 마세요

행여 잊을까
모락모락 피어오른다.

눈부시다

어젯밤, 내린 비
햇살이 품어 안고

나뭇가지마다
꽃망울 향기 재촉한다

산들바람 아픔 걷어
세상을 견주더니

그리운 아가 꽃
눈부시게 웃는다.

임 그리며

먼 산 아지랑이
구름 가지 걸쳐 있고

만물 소생하듯
스치는 나무 신비롭다

그리움 저 너머
꽃 피는 봄에 임 오시는가

목 빼고 기다림
아쉬움만 남긴 채
세월의 바퀴만 달린다.

그리움 하나

산수유 피는 길
바람과 풀잎은 속삭이고

맑은 하늘 구름 사이로
사랑하는 임의 모습 아련하여
그리움의 물결이 인다

그대와 걸었던
추억 남은 오솔길에는
작은 들꽃 배시시 길을 연다

소나무 우거진 솔밭 사이로
선연히 떠오르는 그대
너무나 사랑했는데

'가지 말라'고 붙잡지 못하고
숱한 밤 지새며 흘린 눈물
가슴 깊은 곳, 아픔만 남아 있네요.

제목 : 그리움 하나
시낭송 : 박영애
스마트폰으로 QR 코드를 스캔하면
시낭송을 감상할 수 있습니다

노란 복수초

산 너머 봄이 오네
그대가 그리워
눈, 바람비에 젖어

하얀 밤 지새우고
기다려야 하던
춥고 험한 긴 터널 지나

찬 이슬 먹고 피어난
노란 복수초
새색시처럼 어여쁘다

하늘은 푸르고
산새가 노래하는
봄 오는 꽃길 걸어갑니다.

진달래

산 중턱 오솔길
굽이진 길 걷다 보니
이름 모를 풀꽃의 향연

풀잎은 살랑살랑
계곡물 흐르고
산새가 기뻐 노래하네

겨우내 꽃 피울 날
손꼽아 기다리는
연분홍 아씨 임을 만나듯

눈 녹은 산자락에
고운 봄 향기 흩트리네.

꽃잎이 바람에 날리다

떠난 사랑 가슴에 남아
얼룩 지워지지 않고
깊은 상처 아프다

세월이 얼마나 흘러야
너를 잊을 수 있을지
꽃잎이 바람에 흩날리고

눈물 같은 비가 내리는 밤
더욱 그리운 네 얼굴
창가에 어른거린다

사랑하면서 보내야 하는
이 가슴 찢어진 구멍 사이로
찬바람 불고 피가 맺히듯 쓰리고

하얀 꽃잎 바람에 날리면
네가 그리워 몸부림치며
하염없이 빗속을 따라 걷는다.

들꽃 피는 길

봄비는 소리 없이 내리고
만물은 소생하네요

봄소식 전하는 나뭇가지
고운 새싹 틔우고

들꽃은 온갖 고초 겪으며
땅속을 헤집더니

이렇게 고운 자태
해맑은 웃음 까르르

시냇물은 졸졸
버들잎 띄우고 어딜 가시나요.

내 생일날

내 생일날
미역국 끓이고
온 식구 둘러앉아 밥 먹는다

맞은편에 앉은 외손자
나, 보고 싱긋
너를 보니 나도 웃고

건너편에 앉은 외손녀
손으로 만든 하트로 방긋
나는 행복하다

너무너무 사랑스러운
외손자, 외손녀
모두 귀하고 예쁘다.

어머니 생각

푸른 들길 걷다 보니
어느 담장 너머 피어 있는
라일락꽃 향기가 바람에 실려 오고

산속의 계곡물은 촐촐 흐르고
숲길 지나는 솔바람은
어머니의 기도처럼 들립니다

평생을 자식만 사랑하고 조상들 섬기며
그림같이 살다 가신 우리 엄마

가슴에 눈물로 응어리져도
밤잠 설치며, 정성으로 고운 사랑
키워주신 은혜 갚을 길 없어라

카네이션 가슴에 안고
풀만 무성하게 덮인 어머니 찾아
눈물로, 그리움으로 달음질해 갑니다.

제목 : 어머니 생각
시낭송 : 박영애
스마트폰으로 QR 코드를 스캔하면
시낭송을 감상할 수 있습니다

십자가 사랑

십자가 바라볼 때
나의 지은 죄가 보이게 하소서

나를 사랑하시기에
죄짓고 하나님과 이어진 줄 끊으면
그 끈을 다시 묶으셨습니다

사람이 감당할 수 없는 고난
골고다 언덕길 채찍 맞아
넘어지고 쓰러져 십자가에 달려

물과 피 다, 쏟으시고
죽은 지 사흘에 부활한 예수님
피 묻은 십자가 그 사랑 눈물입니다

죄의 짐 내려놓고 쉼과
구원의 십자가로 영생 얻으며
은혜와 감사, 평안을 누리게 하소서.

엄마 꽃

꽃잎은 떨어져도
꽃씨는 남아 겨우내 품고

마침내 봄이 오면
그리움 저 너머
길고 긴 날, 기다리며

흙을 만나 꽃 피우는
진분홍 꽃을 보면

고향이 그립고
예쁜 꽃향기 속에
엄마의 분 냄새가 납니다.

유채가 피면

파란 이파리 품어 안고
노란 유채가 해맑게 웃으며

온 천지 가득히 밭을 이루면
연인들, 이랑 사이
꽃 속으로 숨는다

얼굴 간질이는 실바람 소리
살살이 퍼지는 햇살도
곱기만 하고

저 푸른 언덕에는
송아지 울음소리 음미에, 매에
평화롭게 들린다.

아침 이슬

밤새도록
풀잎에 맺힌 이슬

둥근 해 떠오르면
이슬방울 다 마르고

얼음 얼고 차디찬 눈 속
꽃 피울 날 기다리는
봄의 전령 보며

빗물 머금은 듯
고운 송이 영롱하여
찬란한 빛을 발하리라.

첫사랑

곱게 물든 가을 길
걷다 보면
그대가 생각난다

첫사랑
그 마음
낙엽처럼 퇴색하고

아쉬움에 붙잡고 싶어
뒤돌아보아도
많은 것이 곁을 떠난 후에야

사랑할 수 있을 때
기쁨을 주고받는
지혜의 소중함이 떠오른다.

세상의 빛

세상의 빛이
어두움을 밝히고
물체도 볼 수 있게 함은

하나님께서
은혜로 주신 것으로
찬란하게 비춰 주심이라

고운 말과
좋은 행동을 향해
아름다운 삶을 누리게 하고

믿음 소망, 사랑의 길
희망이 넘쳐 나는
인류의 꿈을 꾸게 하심이라.

새벽안개

새벽안개 흩뿌리는 날
가슴 아린 그리움
먼 길을 홀로 떠나는 여인아!

사랑하는 그 사람
못 잊어 찾아갔지만
세월 따라 변해 버렸고

찰나 돌아선 그 마음
눈물로 애원해도
아무 소용이 없어라

바람은 잠잠하고
호수 물결 고요한데
이내 마음 왜 이런지 몰라

사랑은 여운으로 남아
헤어질 수 없어라
하염없이 눈물만 흐르더라.

삶의 동반자

수없이 많은
일상의 찌꺼기들이
밤비에 씻겨 깨끗해질 때

지친 삶의 몸부림도
사랑하는 당신 곁에
아름답게 머물 수 있고

고단에 찌든 시간
배려의 동행할 삶으로
이어갈 행복이라면

오늘도 내일도
행복의 그늘에서
삶의 동반자가 되리라.

마음의 비

어스름 달빛
창가에 스며들고

따스한 커피 한 잔
피어난 그리움

그대 보고 싶어
시린 가슴에
눈물비 되어 내리고

사랑한다고
차마 못 한 한마디
애달픔, 저 하늘에 띄우리라.

소금밭

소금은
바닷물을 햇볕에 말려

밀고 당기고 하길
수없이 반복하며

긴 기다림 끝에
얻어지는 시간의 알갱이

하늘가에 노을 붉어
연무가 짙은 것을 기다리듯
긴 기다림의 열매다.

제2부 여행 떠나자

걸어온 길

나날이 달라지고
푸름이 싱그러운 호숫가

바람 불 때마다
초록 잎 한들한들 풀은 눕는다

붉게 핀 장미꽃
가시 돋친 나무가
겉모습 포장하며, 화려하듯

눈물로 걸어온 그 길이기에
쓰라린 마음을 녹이며

시간은 돌이킬 수 없고
머무를 수 없는 세월의 강 따라
여기까지 왔는데

사랑은 가슴 뛰고
그리움이 시리게 한다.

어느 날 일기

기다리던 봄
봄이 왔네, 내 곁으로

대관령에 잔설 남아도
겨울을 정리한다

홍매화꽃
붉게 핀 마을
봄을 맞는 어머니들

웃음소리 정겨운
재래시장에 갔더니

치솟는 물가(物價)
착잡한 마음 내려놓고
집에 오는 걸음이 무겁다.

꽃과 벌

고운 햇살
눈부시게 아름답고

하얀 꽃잎
봄바람에 꽃눈 되어 내린다

고운 자태 뽐내는 향기
벌들을 유혹하며

꽃은 꿀을 주고
벌은 열매 맺게 하는
그들의 운우지정이

사람에게 주는 명약들이라
봄이 주는 찬란함 속에
삶이 풍요로워진다.

그리운 사랑

아프고 힘들어도
침, 마르고 목이 타는 갈증
그대를 보면 해갈되리

사막에서 오아시스
만나는 행복도
달콤하던 날 지나가고

인내로 힘들 때
변화의 기운을 줘도
소용없는 몸부림인 것을

그리운 사람아
보고 싶은 마음 전할 수 없어
이내 가슴 무너집니다.

치유의 동산

가도 가도 끝없는
울창한 수목들 빼곡하고
펼쳐진 금모래 그림 같은 푸른 바다

아이들의 해맑은 소리
철썩이는 파도
모래사장 추억이 그리워라

마음이 힘들어 찾아가
탐심, 절망, 아쉬움, 눈물
모든 것 내려놓고

쉼을 얻고 웃음꽃 피던
지난여름 그곳은 사랑이어라.

참다운 친구

참다운 친구는
모두 내 곁을 떠나도

기쁘거나 슬플 때
나를 지키고 격려하며

든든한 나무처럼
믿음으로 등짐 나누고

지치고 힘든 사람들
쉬어갈 수 있도록
넉넉한 그늘이 되곤 합니다.

칠월의 더위

풍성한 삶
인도하는 휴식 내려놓고

평안의 속
한가한 마음 가득 누려도

하루하루
세월의 흐름 덧없으니

칠월의 더위
풍성한 결실 언약하며

오늘도 내일도
하늘의 섭리 따라 흐른다.

벚꽃 길

줄지어 선 벚나무
가로수 길엔 물이 차오르고

빨간 잎 하얀 잎
쑥스러운 듯 온몸 감추더니

바람이 불 때
한 잎씩 떨어져
하늘하늘 꽃비 내리는

그 길 따라
연인들 사랑도 피어납니다.

꿈을 꾸듯

꽃잎은 피고 지듯
세월 흘러가도
꿈을 꾸듯 사랑하며

그대 향해
경주할 때보다
더 숨차게 달립니다

순백의 목련꽃
맑은 노랑 개나리
연분홍 진달래 닮은

오월의 여왕
나의 사랑 그대를
온몸으로 사랑합니다.

봄 오는 길목

한강 얼음 풀리는
봄 오는 길목
옷깃 여미는 바람

생명 움트는 소리
가만히 귀 기울여보면

얼음장 밑으로
졸졸 흐르는 물소리
들릴 듯 들리지 않는

목련꽃
개나리
진달래의 노래들

복사꽃 피고 지는
고향의 파란 들녘
봄소식 전해 오겠지요.

배추

샛노란 은행잎이
수북이 쌓인 들녘에는

늦가을의 무서리가
하얗게 내리니

손길 기다린 배추
어서 추수해야지요

한들한들 구절초
가을꽃 피면

연지, 곤지 찍고
빨갛게 화장하여
총각무 따라 시집 보내요.

작은 섬

섬으로 오는 길
고깃배 가득
풍요로워 흥청거리고

작은 섬 욕심났는지
일본은 빼앗고
우리는 수모당한

지나온 삶 헛되지 않아
아버지의 바다
아들이 지키고

허리 휘도록
일만 하고 살았던
고단한 삶의 파도 밀려온다.

대나무 숲

사람의 발길
한 번 닿지 않은 듯
울창한 대나무 숲

가꾸고 보존하는 넉넉함
느끼게 하는 村老 촌로

오래된 고택
숲과 함께 살아온
긴 세월의 흔적 말해 주듯

겸허한 마음
숲과 산을 경영했으니
피톤치드 우거진 숲을 봅니다.

자연환경

계곡물은
기암절벽에서 흘러

돌과 모래
하수로 내려갈수록
물을 정화 시키고

물고기가 풍부한 동강
온갖 생명 품으며

개여울도 깊은 산 휘돌아
굽이굽이 흐르고

동강 물줄기
구불구불 자연을 만든다.

여름의 소리

짙푸른 숲
매미와 뻐꾹새
울어 대는 여름

익어가는
결실의 기대감 속에

붉은 태양 아래
곡식과 열매가 이글거리니
희망의 빛이 보인다

하나님은 오늘도
이른 비와 늦은 비를
골고루 하사하심에

우리들의 삶을
윤택하게 살펴 주신다.

희망 메시지

태풍이 비껴간 자리
장대비 쏟아진다

세상만사 마음먹기 따라
움직이게 되고

어렵고 힘들 때
마음가짐부터 고치고
아름다운 지혜 내려놓아라

세상 살아갈 때
불만을 품고 보면
모든 것 실망이 되지만

긍정의 눈으로 사물을 보면
배려할 수 있고
사랑하는 마음이 생겨

주변의 모든 일, 행복 전하는
희망 메시지가 될 것이다.

기록적인 비

물 폭탄 같은 비
엄청나게 쏟아지고

천둥소리 우르르 쾅
번갯불 번쩍

기록적인 폭우로 산사태
수많은 인명, 재산
고통의 상흔들이

아픔으로 쏟아져 내리니
마음이 쏴~
빗물처럼 우는 소리

멈추어 주길
두 손 모아 하늘에 빌며
아픈 마음 보듬는다.

일상의 삶

날마다 반복되는 일상의 삶
분주한 하루 품어 안고
총총히 걸어가며

숨 가쁘게 살아온 지난날
주마등처럼 스치고
걸어온 길, 눈 감고 생각하니

모든 것 정리하고
미지의 길 따라 쉬고 싶지만
때로는 애써 지워야 할
아프고 쓰라린 꿈이 피어나

커피 한 잔 나누고
고운 인연의 사람 접목하며
날이 갈수록 짙은 신록의 마음 간직하고

내면의 고운 정성 담아
반복되는 지루한 역경의 삶
소망과 사랑의 이름으로 살고 싶다.

딱따구리 새

숲속의 푸른 생명
오색딱따구리
둥지 안 새끼 키우고

먹이 물어다 주는
끝없이 깊고 무한한 사랑

새끼 새 어미 닮아
하루가 다르게 자라
둥지 떠날 날 멀지 않으리라

짙은 녹음
자줏빛 작살나무
초여름 신비를 더한다.

호박꽃 사랑

울타리 따라
푸른 새순

하루가 다르게 자라고
넝쿨을 이루더니

함지박 같은
넉넉한 웃음으로
노랗게 피어 벌을 부르고

벌은 좋아라, 윙윙
꽃 속으로 윙윙
제집을 드나들듯 분주하구나.

여행 떠나자

가정주부의 일상
밥하고 빨래 청소하는 일

반복되는 지루함 벗어 버리고
가끔, 여행을 떠나자

지금도 지구촌 여행지에는
잊지 못할 추억 영글고

주제가 있고 낭만이 살아 숨 쉬는
아름다운 호텔에서
차를 마시면 행복할 것 같아

아침에 눈 뜨면
끝없이 펼쳐지는 수평선 바라보며

뱃고동 소리 들리고
조각구름 두둥실 떠가는
조용한 산책로 그런 곳으로 가자.

제목 : 여행 떠나자
시낭송 : **최명자**
스마트폰으로 QR 코드를 스캔하면
시낭송을 감상할 수 있습니다

제3부 가시랑 비

가을비

사랑은 바람인가
떠나 버리고

추적이는 가을비
가슴의 눈물

붉게 물든 단풍은
한 잎, 두 잎
후두두 내려앉는다

팔짱 낀 연인들은
다정하게 걷는데
홀로 우는 외로움이여!

임 그리는 애절함
'세월 가면 잊으리라'
가을, 빗속을 걸어갑니다.

낙엽 되어

굽은 길 위에서
구슬픈 영혼의 소리
들리는 듯

강물같이 흘러간
세월의 저편
찬비 내린 언덕에도

깊어지는 가을
단풍잎 곱게 물들더니
하나, 둘 낙엽이 흐트러지는데

하늘 아래
낮은 자리에 앉은
내세울 것 하나 없이
빈 마음으로 길을 떠난다.

산사(山寺)에서

백일홍 곱게 핀
고즈넉한 산사(山寺)에 서면
그대 그리워라

새소리 바람 소리
흐르는 물소리
같이 걷던 그 옛길

잊을 수 없는
숱한 세월 등지고
그대가 내 곁을 떠날 때

눈물범벅으로 안타까워하며
발만 동동 구르던
아득한 시절

푸른 하늘 구름 떠나듯
내 곁을 떠났지만
빈자리엔 정적만 가득하여라.

길 떠나는 시화전

가을이 깊어지는
호수 공원 길에
전시된 시화 작품들

길 가는 행인의
마음속 울림이
꿈과 사랑, 희망의 노래들

방방곡곡
전시하고 철수하는
고운 발걸음들

어둠을 밝히는 등불처럼
행복 전하는 작품마다
아름다운 문인의 작은 몸부림이다.

갈대 마음

깊은 밤
숱한 생각으로 뒤척거리게 하나요

내 속에 숨어
이렇게 저렇게 할까?
망설이게 하고

당신 때문에
힘들어 지쳤는데

일어나라 앉으라 명령만 하고
내 가슴 멍들게 하나요

이젠 슬픔이 지나가며
기쁘고 행복스러운
좋은 생각만 가득하게 하소서.

가시랑 비

가을비 내리는 밤
사랑만 남기고 떠나는 그대

어서 가시라고 내리는
가시랑 비에 옷 적시니
더 쓸쓸하고 추울 것이리라

그리운 임 더 있으라고
내리는 이슬비에 맘 적시니
곱고 아름다워 눈물일 것이리라

떨어지지 않은 발길
뒤돌아보며 가시네요
임이 가니 서러워 비가 내리네

붙잡을 수 없는 임 어서 가시라 보내는
가시랑 비에 옷 적시니
더 애틋하여 눈물일 것이리라.

제목 : 가시랑 비
시낭송 : 박영애
스마트폰으로 QR 코드를 스캔하면
시낭송을 감상할 수 있습니다

*가시랑 비 (가랑비의 방언)

울적한 마음

가을비에 임이 오시나
한참을 서성이다
마음이 울적해 길을 나선다

하늘은 시리고
들에 핀 꽃은 파르르 떨며
강물은 유유히 흘러가는데

나뭇가지에 앉은
산새의 소리
가슴 아프게 들려오니

바람 부는 언덕의 억새도
시린 비 서걱거리고
처량하게 울고 있구나!

행복 찾아

그리워 우는 눈물
가슴 적시고

비와 바람도
가녀린 코스모스
쓰러뜨리지 못하고

깊은 가을 긴 한숨
사랑이 흔들려도

험한 고갯길에 지친 채
넘어가노라면

멀지 않은 날
그리운 너를 만나리라.

어미가 된 딸

고운 단풍 바람에 날리고

찬 서리 내리는 밤
"진통하며 아기 낳으려 병원 갔다."
소식을 듣는 찰나

산모와 아기 건강하고
잘 낳아서 돌아오게 해 달라는
하나님께 간절히 드린 기도

침묵 같은 시간이 지난 후
"아기 순산했습니다." 사위 연락에
너무나 행복하였고

흐르는 눈물을 감추며
어리던 내 딸이
벌써 어미가 된 것을 축하하고

감사와 기쁨의 뜻을
엄마의 심장으로 보낸다.

도보 여행

물든 단풍 사이로
가을이 익어가는 날
도보 여행하러 길 떠난다

가벼운 옷차림
편한 운동화 신고
뚜벅뚜벅 발걸음 옮긴다

솔숲 사이로 전해오는 솔바람
흐르는 땀방울 식혀주니
기분이 상쾌하고
바람에서 향기가 난다

삶의 질을 높이고
건강 향한 운동을 만끽하며

눈 크게 뜨고
숨 쉴 수 있어 감사하고
걸을 수 있음에 행복하다.

가을이 왔다

황금 들녘 지나서
코스모스 피어 있는
길을 걸으면

여름이 상처 주고
떠난 자리에
곱게 물든 가을이 왔다

온종일 내리는 비
고개 숙인 벼 이삭
바라보아도 행복하고

농부들의 땀방울에
가을이 익어가니

여름 떠난 그 자리
붉게 물든 가을이 왔다.

흐르는 세월

시리도록 파란 하늘
가을볕에 타오르는 단풍
깊어지면 낙엽 되고

나무마다
꽃잎 떨어져야 열매 맺으며
강은 흘러 바다로 가고

쪽빛 하늘에
두둥실 떠가는 흰 구름
어디로 가는지 알 수 없지만

만남과 이별
스쳐 지나가는 것
모두가 흐르는 세월이로구나.

모든 것 다 때가 있다

솔로몬 왕은
가장 큰 부귀영화 누렸음에도

하나님 함께하지 않으면
인생의 모든 일 헛되고 공허하다

반드시 기한이 있고
모든 것 다 때가 있다

태어나고 죽을 때
웃고 울 때, 잃은 것 찾을 때

사랑과 미움 기쁨 슬픔
아픔 즐거움 쓰라림이 있듯

인생은 할 수가 없고
하나님의 시간, 천 년을 하루같이
천지 만물을 말씀으로 창조하셨다.

우중의 추억

바위에서 흐르는
오묘한 자연의 맑은 물소리
손때, 묻지 않고 청정 그대로의 산

비 오는 날 우산을 받쳐 주고
어깨 감싸안으며

사랑 나누던 애틋한 그 길
임은 가고 없어도

외로움이 추억에 젖는
비가 내리는 날

가끔 그리움으로 걷고
마음에 그리는 추억이어라.

팔월의 감사

무더위와 장마, 몸과 마음이 지쳐요
그래도 간간이 부는 바람과 내리쬐는 태양
곡식을 익게 하니 기쁘기만 합니다

바닷길 모래사장 시원한 파도 소리
빼곡한 소나무 숲 피톤치드 있고

이 세상 영원한 것은 없지만
나의 시간에 당신의 시간을 더하며
감사의 마음 전하고 사랑하며 살겠습니다

눈여겨봐 주지 않은 작은 들꽃
모진 비바람 견디고 때가 되면
가녀린 꽃을 피우며 기쁨을 전하고

농부가 땅에서 귀한 열매를 바라며
길이 참아 이른 비와 늦은 비 기다리니

하나님 주신 자연

가난한 내 영혼 쉼을 얻고

그 은혜로, 기쁨으로 하나님께 감사드립니다.

가을 사랑

가을은 알록달록
빨갛게 물든 채
일렁이는 단풍

용광로처럼
붉게 타오르며
사랑을 불태우고

찬비 내리고
서리꽃 피어
우수수 낙엽 비 쏟아지면

겨울 준비하느라
이파리 떨구어 내던

찬바람 비에 젖어
떨어져 나간
너를 못 잊어 운다.

허기진 갈증

빈 들의 마른 풀
은혜로 내리는 빗소리에
싱싱하게 일어나

햇살은 방긋 웃고
바람이 흔들어도 줄기 곧게 세운다

우리 안에 끝없이 채우려는
시기와 질투, 미움

욕심, 허기진 갈증
그것은 참 부끄러운 마음

사랑은 허다한 허물을 덮고
용서는 원수도 이해하며
채움은 비움, 그러므로 해갈된다.

행운을 찾아

바람길 따라 한들한들
클로버꽃 춤추고

네 잎 찾으려 짓밟고 지나는
세 잎은 행복인데

사람들은 왜

행복이 곁에 있는데
행운만 찾으려 멀리 보다가

가장 소중한 것을 놓치는
어리석음을 봅니다.

알밤 송이

깊어지는 가을 속
황금물결 출렁이는데

후두두 후두두
알밤 떨어지는 소리

수풀 사이 숨은 밤송이
내 눈에 띄는데

여기저기 떨어진 알밤
'고것 참 예쁘다'
줍고 또 주워 주머니에 넣고

손길은 바쁘지만
미소는 마냥 행복하기만 하다.

어머니의 빈자리

늦가을 추위가 오기 전
발걸음 총총히
다시 못 올 먼 길 떠난 어머니

시부모 봉양 바느질하시며
평생 자식만 사랑하고
그림같이 살다 가신 어머니

나지막한 목소리로 불러보는
"엄마 보고 싶어요"

꿈에라도 뵙고 싶은데
하늘 땅 사이가 너무 멀어도
저 너머 계시는 그리운 어머니

어디든 달려가 뵐 수 있다면
천 리 길도 찾아가련만

불효했던 생각만 떠오르니

시린 가슴 아픈 눈물로

그리운 마음 통곡하며 참회합니다.

 제목 : 어머니의 빈자리
시낭송 : 최명자
스마트폰으로 QR 코드를 스캔하면
시낭송을 감상할 수 있습니다

떠나는 가을

봄, 가을, 겨울, 특급열차로
휘리릭 지나는 계절

태풍으로 온갖 수난 겪으며
찬 바람 옷깃 스치고

비에 젖은 갈대 사이로
낙엽이 쌓이는데

억새도 흰머리 나부끼며
총총걸음 떠나는 가을
붙잡을 수 없기에

너도 가고 나도 가는
낙엽 쌓인 가을 길
저마다 쓸쓸히 떠난다.

감자전과 막걸리

처마 끝에 떨어지는
낙숫물 소리에
아버지 즐기시던
감자전과 막걸리 생각납니다

어린 시절
막걸리 사 오라고 건넨
노란 양은 주전자에 가득 담아
돌아오며 한 모금 마시던 그날이

가을 오는 길목에서
그리움으로 물든 오늘처럼
외로움 털어내고
구름처럼 바람처럼 떠나고 싶을 만큼

가끔 비 오는 날이면
아버지와 어머니 그리고 우리 남매들이
둘러앉아 감자전에 막걸리 마시던
그 생각이 납니다.

정선 오일장

하루해 뉘엿뉘엿
서산으로 넘어가는데
정선 여인들 한이 서린 장터

발길 따라가 보니
사고팔아야 할 물건 전을 펴 즐비하고
급한 마음은 악다구니한다

국밥 한 그릇에 밥 말아 먹고
집으로 가야 할 시간
아리랑 고개, 열두 고개 넘고, 넘어

물 흐르는 계곡엔
무수한 세월의 흔적, 알려주듯
이끼꽃 피었구나!

첩첩산중 정선 땅
자식 낳아 기르며 살아온
노부부 삶이 고단해 보입니다.

제4부 겨울 바다

어김없이

어두운 밤 깊어지면
새벽이 오는 것 막을 수 없듯

죄악, 가득한 세상
심판의 주님 오시리라

봄 가면 여름 오고
또 가을, 눈 내리는 겨울
때가 되면 계절은 돌아옵니다

신부는 등불 준비하며
오실 신랑 기다리고
우리는 주님을 기다립니다

인생은 풀꽃, 아침 구름
쉽게 없어지는 이슬 같지만
소망으로 기도하며 살아갑니다.

나눔의 사랑

아픈 눈물 고통을
함께 나누고
사랑의 마음으로 위로하는

따스한 희망의 기도
세상 빛과 소금이지요

작은 손길 뜻 모아
큰 곳에 쓰는 나눔의 은혜

외롭고 소외된 곳
찾아가는 발걸음
혹독한 추위도 두렵지 않고

고운 손길, 나누는 마음
우리들 가슴속에
사랑이 있기 때문이지요.

세월의 강

물같이 흘러가는
수많은 세월이

거친 물결 따라
가파른 길은
바람에 떠내려가고

높은 곳에서 낮은 곳
머나먼 곳으로

하얀 파도 넘실대며
쉬지 않고 가는구나

너는 나그네처럼
세월의 강 건너
어디로 흘러가느냐?

고행의 길

산속 날씨는
한 치 앞도 알 수 없기에
소리 없이 쏟아지는 눈보라

눈, 발 헤치며 걷는
외로운 나그네

따끈한 국물에 지친 속 달래며
산장 옆 좁은 길에
마음의 염원을 기도하고

세상과 동떨어져
홀로 고행의 길 걷는다.

호수 공원 둘레 길

바람 찬 겨울 아침
차마, 일어나기 싫지만

용기 내어 두꺼운 패딩 옷에
목도리 두르고 산책로 나왔더니

만나는 사람마다 씩씩하고
머금은 미소와 함께
같이 걷는 행복이 있다

사람들이 많은 호수 공원
양지바른 땅 밑에는
이른 봄이 오고 있구나

눈 덮인 호숫가의 놀이터
주인 없는 그네에 앉아
먼 산을 보고 동심에 젖는다.

사랑의 아픔

그토록 사랑한 임을 보내고
세월은 물 흐르듯

햇살이 내려앉은 창가
그리움 물밀듯이
아픔으로 쏟아져 내리니

애타는 사랑
바람에 실어 보내도
이별은 깊은 상처로 남아

너무나 그리워도
아무리 기다려도
오지 않을 줄 알면서

먼 하늘 바라보며
차마 흘릴 수 없는 눈물은
천 갈래, 만 갈래로 찢는 아픔이라오.

제목 : 사랑의 아픔
시낭송 : 박영애
스마트폰으로 QR 코드를 스캔하면
시낭송을 감상할 수 있습니다

새해 아침에

새해 아침에
밝은 햇살 창가에 비취고
겨울 한복판에 서서

창문 너머 따스한 기운
파릇한 희망의 봄을 기다립니다
하나님 새해 삼백예순 날
선물 주시니 감사합니다

나라와 민족을 위해
겸허한 마음으로 기도합니다
우리의 삶 이념에 물들지 않고
사랑하며 살게 하소서

날마다 일용할 양식, 우리 죄 사하시고
햇빛을 온 세상에 비추어 주심은
낮은 곳에 임하시는 은총으로
모두를 사랑하신 하나님

올 한 해는 기쁨으로 살고

주님의 사랑 전하며

기도, 감사로 맺음을 하게 하소서.

겨울나무

초겨울 나뭇가지
애처로이 매달린 이파리 하나

단풍 물들어
좋은 시절 그립지만
부는 바람 애절하게 보인다

이파리들 다 버리고
혹독한 겨울나무
눈보라 맞으며 고초 겪은 후

봄이 오면은
그윽한 향기 풍기는
예쁜 꽃 사방에 피어난다.

낙타의 삶

낙타는 하루를 시작하고
마무리할 때
주인 앞에 무릎 꿇는다

일이 시작되면 조아려
등에 짐이 올려지길 바라고

일이 끝나면 굽혀
그 짐이 내려지길 기다린다

주인은 낙타의 사정 잘 알고
짊어질 수 있을 만큼 얹혀주니

낙타는 주인의 정성을 싣고
마다치 않는 겸손한 자세
목적지까지 순종의 꿈 실어 나른다.

시래기

농촌 마을 집, 집마다
처마 밑에는

짚으로 얼기설기 엮은
시래기가 익어간다

눈, 비, 바람 맞으며
햇살 한 줌
고운 맘 가득하고

투박한 먹거리에서
따스한 추억이 전해지는
명약 같은 시래기가

어머니의 애끓은 손맛
옛 국물의 역사에 젖어 든다.

귀향길

마을 어귀
나뭇가지에 앉은 까치

설 기다리며
기쁜 노래 부르고

포근한 그리움은
부모 형제 품을 찾아

귀향의 길 한아름 안고
정겨움 묻어나니

웃음도 있고
애환도 있다마는
피는 물보다 진하게 닿는다.

겨울 바다

하얗게 부서지는 파도 소리
쉴 새 없이 넘실대고

떠오르는 일출이
바다를 곱게 물들이면

겨울 바다를
그저 바라볼 수밖에 없다

푸른 하늘에 내 꿈 매달고
연인들이 걷는 산책로
걷다가 보니

짙푸른 물결이
너무 곱고 아름다워
가던 길 멈추고 향기를 맡는다.

제목 : 겨울 바다
시낭송 : 최명자
스마트폰으로 QR 코드를 스캔하면
시낭송을 감상할 수 있습니다

그대 그리움

가고 오는 시간은
그대 생각에

눈 감으면 떠오른
다정한 미소

해 질 녘 넘어가는
노을빛인가

보고 싶은 마음의
그대 그리움
측량할 수 없어라.

원수 갚는 방법

살다가 보면
피해 상처 아픔을 주고
힘들게 하는 사람이 있다

어쩔 수 없이 만나고 대해야 할 때
앙갚음과 저주, 원수 갚으려니
마음의 평화 잃어버리고

기쁨 행복도 뺏기게 되니
억누를 수 없이 고통스러워도

목마르고 배고프면 먹이고
악을 선으로 갚으며

사랑으로 잘 대하고
그가 깨닫게 되길 바란다.

시몽(詩夢)

혼불을 밝히듯 촛불 켜고
한 사람씩 돌아가며
마음의 염원 빌며 기도할 때

숙연한 분위기 속으로 빠져들고
우리는 詩人이라

자작 詩 낭송할 때
눈빛은 별처럼 반짝이고
마음은 아름다움으로 가득한 날

참신한 글과 창작의 詩로
우리의 아름다움과
고단한 삶을 노래하리라.

대접하는 사람

우리는 나그네와 같은
삶을 살아가면서
많은 것을 가지려고 한다

내가 가진 것
남에게 나누어 주고
대접하는 일은 인색하다

대접이라는 것
억지로 되는 것이 아니라
내면의 정이 있어야 가능하다

사랑이 있어야
힘들어도 배려하고
베풀 줄 아는 그릇이 되고

비운 만큼
채워지는 복이기에
아름다운 손길은 하늘의 축복이다.

숲의 노래

낙엽 쌓인 산
갈잎이 폭신거려도
위험은 도사리고 있다

한 걸음, 한 걸음씩 내딛고
정상까지 올라간
장엄한 산꼭대기에서

깊은 숲을 바라보고
아득한 그 먼 길 걸었으니
감동은 저절로 더하다

하늘 벗 삼아
마음을 다해 부르는
애환 같은 슬픈 노래가

섬마을 사람들
깊어지는 시름과
묵직한 삶을 느끼게 한다.

세월을 아끼라

예측할 수 없는 추위
옷깃을 여미는 찬 바람이

유유히 흐르던 강물을
얼음판으로 변하게 하고

매서운 바람마저
눈 속에 잠겨 고요해졌어도

강물은 또 흐르고
매서운 바람 다시 불 것이다

인생은 연습도
돌아갈 방법도 없기에
순간을 집중하고 세월을 아끼라.

하나님 은총

하나님의 그 크신 사랑
강물 같은 은혜
은혜의 강가에 서게 하소서

수도관이 연결되어
그 안에 맑은 물 가득해도
꼭지를 돌려 사용하게 하시고

감사와 사랑으로
샘물같이 솟는 기쁨으로
이웃을 돌아보며

은총을 향해 나아갈 때
뜨거운 회개의 눈물
맑은 영성으로 기도하면서

나라와 사회, 가정을 위해
내가 소금처럼 녹고
촛불처럼 사그라지게 하소서.

별처럼 빛나리라

아침 뉴스를 보면
사건, 사고들로 얼룩지고
어둠 소식 가득하다

하늘은 온통 먹구름으로
우리 일상은 절망

세상은 밝은 빛과
어두움이 땅을 덮으며
동전의 양면처럼 공존한다

하나님은 빛이며 우리는 자녀
주님과 깊은 사귐을 통해
빛 가운데로 행하고

많은 사람을
옳은 데로 돌아오게 하는 자
하늘의 별처럼 빛나리라

그 빛나는 삶을 통해
이웃 사랑, 실천하고
기도의 삶을 살기 원하신다.

제5부 연가 戀歌

기쁨이어라

봄 햇살 포근한 바람
연둣빛 새싹과 향기로운 꽃이 좋고
봄날 같은 그대가 좋습니다

세월이 강물처럼 흘러도
따뜻한 아랫목처럼 편안하고
그리움으로 남는 사람

평생을 의롭고 강직한 길
걸어온 발자취마다
하나님의 인도하심, 기쁨이어라

사랑과 은총에 감사드리고
주의 영광을 위하여 쓰임 받으며
살아온 인생길 크신 은혜이어라

믿음으로 드리는 삶의 기도가
넓으신 하나님 품을 향해
독수리처럼 날아오르는 은혜
기쁨과 사랑, 다함, 없는 행복이어라.

연가戀歌

가슴 아린 그리움이
토닥토닥하며
내 마음에 비가 되어 내립니다

'나는 한 마리 새 되어
그대의 푸른 나무숲으로
훨훨 날아갔으면' 하고

천 리 먼 길 찾아갔지만
임은 간 곳이 없고
스산한 바람 소리 요란하여라

인적 없는 낯선 길에
찬비는 주룩주룩
아픈 하늘은 울고 또 웁니다

가슴 아린 서러움이
이별을 예고하며 흐르고
무너진 마음 비가 되어 흐릅니다.

부석사에는

어둠이 내려앉은
부석사에는

고요한 풍경소리
그윽하여라

세상에 버림받은
외로운 여인

그 임의
소리인가, 눈물이던가

마음의 서러움도 내려놓고
사랑은 멀고 험한
길을 떠난다.

마음 가는 곳

봄 오는 소리에
마음 가는 곳 따라
한 번 가 보자 왔건만

당신 보고 싶다는
쏟아낼 심중의 말

아프고 쓰라린 서러운 마음
눈물 가득 쏟고 말았다

아! 사랑하는 그대
안개 자욱하고 찬비 내리던 날
그 아픈 사랑은 떠났지만

나는 가슴 저미는 밤을
수없이 흘려보냈다.

사랑하는 사람

내 마음속
사랑하는 사람은
꽃보다 예쁘고
아름다운 모습이여!

힘들고 어려운 일
모두 내려놓고
동그랗게 차오른 보름달처럼

고운 일 가득 담아
행복해지길 바랄
사랑하는 그 사람에게

그리운 마음 전할 길 없어
흐르는 강물에
눈물 편지 띄웁니다.

하늘빛 바다

하늘빛 바다
당신과 함께
바라볼 수 있어 행복합니다

그대 사랑 내 맘에
그리움으로 물 드는 날
고운 사랑 숨길 수 없어 눈물 납니다

당신 그리던 내 마음
그대 품에서 바다를 보니
뛸 듯이 기쁘고

앉으나 서나 그리운 그대
나 당신을 사랑합니다

잔잔한 서해 그 아름다운 풍경
내 마음의 풍금 선율로 튕기듯

애틋한 사랑
내 곁에 있음에 감사하며
변함없는 그대 사랑 아름답습니다.

꽃순이

소슬바람 부는 길
임의 품 같은
포근한 기운이 돌고

임을 기다리는 아가씨
두근두근 가슴 뛰고
하늘 날 것 같다

'다 괜찮다, 예쁘다
네가 있어 행복하다'
한없이 좋아하는

사랑하는 임과
꽃 피우고 그림 그리듯
곱디고운 꿈의 날개를 편다.

마음을 열고

가슴속에 묻어둔
아름다운 사랑

샘물 같은 기쁨이
솟아오르면

구석의 미움 지우고
고운 나무 키워요

날마다 문 여듯이
사랑으로 세상 열고

기쁨을 나누며
감사로 살아갈 때
행복이 문을 두드려요.

세상의 일

우리가 인연으로 만나
꽃처럼 살다가

꽃잎처럼 날리며
구름처럼 흩어지는 것
누구나 겪어야 할 짐수레 같다

햇볕, 단비, 이슬, 바람
번개와 같은 것이 자연이고

세상의 모든 일은
풀리는 순서가 있으며
살아가는 공생애 속에서

그대로 인하여
포근함을 느낄 수 있으니
사랑받은 나는 행복한 사람이다.

배롱나무꽃

산새 소리 들리는 산사
분홍 잎 망울망울
처연하게 피더니

애절한 가슴
눈물 자국 지우고
돌아가고 싶어

보고 싶은 사람 그리며
발만 동동 구르고
달려온 세월이 얼마던가

번민을 털고
허물도 훌훌 벗어
고행으로 살아가며

세상과 담을 쌓는
배롱나무꽃 너머로
염불 소리 목탁 소리 들린다.

그리움으로 산다

하얀 눈 소복소복
밤새 내리고

잿빛으로 물들어
눈물 쏟을 듯

보고 싶다고 외쳐도
허공 속, 메아리
사랑하면 그토록 외로운가

한 발짝 또 지나
그대 곁으로 갈까

이 세상 하나밖에 없는
그 사람 가고
세월이 가도

돌아올 수 없어도
나는 그리움으로 산다.

엄마의 마음

이 세상에 가장 귀한
엄마의 마음

자식을 위해
넓은 사랑으로 품으며
수십 년의 짝사랑에도
질리지도 실망도 하지 않고

애처로이 젖은 손에
온갖 희생 다 하여도
자식이 행복하다면

불구덩이 속으로 뛰어들어도
자식 잘되면 괜찮다며
늘 자식을 바라보면서

험한 길 마다치 않고
걸어오신 어머니!
이 세상에 가장 귀하세요.

아픈 사랑

서럽고 시린 눈물
이룰 수 없는 사랑

차 한잔할 수 없이
떠나야 하는 그대 가슴에
눈물이 고였구나!

나를 향해 오롯이 열어 준
그 마음속에서
얼마나 행복했던가!

그대 곁에 있으면
안 먹어도 배부르고
사랑으로 가득 채웠건만

이제는 가야지 뒤돌아보지 말고
당신과 내가 갈 길 향해

추운 겨울 눈 내려
발 묶이면 어이하라고
고운 임 사뿐히 어서 가소서.

상념에 젖는다

비 내리는 길목에
하얗게 떨어지는 아카시아꽃
조용히 밟으며 걷는다

그 깊은 당신 마음 알 수 없어
세월 따라 흐르고

그 사랑 영원할 것 같지만
이룰 수 없기에

그 사람 생각하면 가슴 아프고
목에 가시가 걸린 것 같은

아련히 떠오르는 그대
그대 사랑 그리워
시린 가슴에 사무친다.

성인 아이

어느 날
한 아이를 보았네

맛난 것 혼자 먹고
배려할 줄 모르며
나누고 베푸는 것 알지 못하니

입에서 나오는 말
남의 가슴에 가시로 찌르고
꽂히도록 말하고 있지

어른은
이런 말 해서 될 것인지
반드시 생각하고 가려서 말하지만

아무 말이나
나오는 대로 뱉어
멋대로 행동하는 성인 아이를 본다.

호수에 내린 햇살

호수에 내린 아침 햇살 고와라
윤슬은 반짝반짝 빛나고

물결은 찰랑찰랑
그리운 마음 멈출 줄 모르고

바람 되고 새가 되어
어디든지 날아가고 싶다

그리운 임 곁으로
정녕 날아가고 싶어라
한평생 서로 아끼고 사랑하며

비가 오면 그대 우산이 되고
눈이 오면 불이 되어
의지하며 행복하게 살고 싶다.

사랑이기에

마른 꽃 걸린 창가에 앉아
짙은 커피 향기 속
하염없이 당신을 기다리며
나 행복했습니다

오롯이 머물렀던 그 카페
온 세상 다 줘도 바꿀 수 없다는
당신의 그 사랑 먹고
나는 너무 행복했습니다

그렇게 사랑하는 당신이기에
긴 겨울 서릿발 같은 추위
살아온 지난 세월 눈물이지요

청춘은 말처럼 달리고
인생은 구름같이 흘러갔지만
당신이 있어 견디고 사랑받으며
나는 정말 감사했습니다.

내 얼굴 속에서

거울 속에 비친 얼굴
내가 웃으니 따라 웃는다
눈가에 주름은 아버지를 닮았고

가슴이 미어지듯
내 아픔의 순간들이 밤 지새고
또르르 흐르는 눈물
거울 속 나는 슬피 울었다

깜짝 놀라 다시 보니
아버지. 엄마 얼굴이 어린다
하늘나라 먼저 가신 부모

섧게 우는 나를 보고
같이 우시며 울지 말라고
흐르는 눈물을 닦고 있는 듯하다.

아! 삶은 바람 같구나
비에 젖어 흔들리는 풀꽃이런가
사는 날까지 항상 기뻐하고
사랑을 나누며 범사에 감사하리라.

추억 속을 거닐다

햇살이 내리는 창가
커피 한 잔 놓고
먼 옛날 추억 속을 거닐다

호수가 내려다보이는 카페에서
그윽한 사랑의 눈
말없이 바라보던 당신
내가 어찌 그날을 잊을 수 있나요

푸른 하늘 바라보며
또르르 흘린 눈물 머금고
외로운 날 멍때리던 내 마음

기나긴 겨울 지나
꽃 피고 새 우는 봄이 오면
어이하라고 어이하라고~~

내 가슴 저미는 숱한 밤
홀로 지새웠는데 바람 소리 요란하고
떠나간 사랑 돌아올 길 없어라.

주님을 따르렵니다

나를 위해 흘리신
주님의 피 묻은 십자가 사랑
가슴에 안고
바보 같은 나는 하염없이 펑펑 웁니다

살아온 인생길 구름 같은데
빈손으로 왔다, 빈손으로 가는 길

주님의 십자가 사랑은 눈물
꽃이 피었습니다

감사하는 마음으로 살며
당신을 사랑하고
이웃 돌보며 주님을 따라갑니다

'고이 접어 나빌레라'
고깔 쓰지 안 해도 고운 맘 접어
그리움으로 당신을 따르고
기쁨으로 순종의 십자가 따르렵니다.

지혜로운 사람

마른 떡 한 조각으로
행복할 수 있고

실패와 절망 속
크고 작은 일을 만나도
향기로운 차 한 잔의 여유로

지난 모든 일 감사하고
미래를 준비하며
하나님께 믿음으로 기도한다

남이 잘되고
성공하는 것을 응원하는
지혜로운 사람은

기쁨과 사랑을 전하고
고통을 치유하며 회복시킨다.

새해 아침의 기도

새해의 아침 해가
희망으로 솟아 눈부셔라
새출발을 시작하기에

아직 가보지 않은 길을 걷지만
인도하시는 하나님 사랑
부지런히 기도로 새벽을 열고

이웃에게 주님 사랑 전하며
그분들의 필요가 되어
하나님 기뻐하시게 하소서

부족하고 연약한 저희에게
늘 넘치게 주시는 주님
새해에는 더 큰 은혜 내리시고

기쁨과 사랑이 넘치며
믿음으로, 기도하는 가정
날마다 나누며 감사하게 하소서.

가시랑비

서현숙 제3시집

2024년 9월 11일 초판 1쇄
2024년 9월 13일 발행
지 은 이 : 서현숙
펴 낸 이 : 김락호
디자인 편집 : 이은희
기 획 : 시사랑음악사랑
연 락 처 : 1899-1341
홈페이지 주소 : www.poemmusic.net
E-Mail : poemarts@hanmail.net

정가 : 10,000원
ISBN : 979-11-6284-550-9